I0686414

MORT DE LOUIS D'ASSAS

BIOGRAPHIE DE JACQUES FERNAND

CONSOLATIONS

POÉSIES

DE

JACQUES FERNAND

PRIX : **25** CENTIMES.

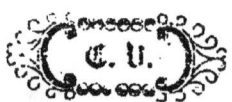

C. U.

PARIS

C. VANIER, LIBRAIRE DE L'UNION DES POÈTES,

RUE DE BUFFAULT, 18.

LYON	BRUXELLES
A LA LIBRAIRIE NOUVELLE	J.-J. JOREZ, LIBRAIRE
Rue Impériale, 26.	Rue au Beurre, 6.

1859

★

MORT DE LOUIS D'ASSAS

POÈTE, Auteur de LA VÉNUS DE MILO, etc., etc.

✠ JANVIER 1859.

A son frère M. le Marquis d'Assas.

> La terre est un exil... la patrie est aux cieux !
> JACQUES FERNAND.

Tu Marcellus eris !

D'As·as, à Clostercamp, affrontait la fureur
    Des baïonnettes étrangères !
Et, par un cri sublime, il sauvait notre honneur !

— Ainsi que son aïeul... aux piques meurtrières
    Louis aurait ouvert son cœur...
Digne d'un si beau nom, par ses vertus guerrières !

★

Comme au feu des combats, sur un lit de douleur,
    Et sans l'ivresse du carnage,
Il faut du combattant l'héroïque vigueur !

— Louis a dé Bayard la force et le courage !
    Et, chrétien résigné, sans peur,
Il voit venir la mort... de sang-froid l'envisage !

1859

Si jeune ! et rêvant l'idéal !
Le front rayonnant de génie,
De grâce... et du signe fatal
Des martyrs de la Poésie !
— Les yeux levés vers ce beau ciel,
Il en aspirait l'harmonie...
Et montait jusqu'à l'Éternel,
Dans sa divine rêverie !

★
✦ ✦

Mais d'un mal étrange et subit
Il sent la morsure cruelle !
Languit, sous l'étreinte mortelle !
S'affaisse... et console... et bénit !
— Son dernier regard cherche encore,
Dans les rayons de son couchant,
Le pur idéal, qu'il adore...
Et du cygne le dernier chant !

★

Ainsi se penche et s'étiole
   Une jeune fleur,
Par le ver mordue au cœur !
   Et sa corolle
Se fane et tombe... de langueur !

* * *

Du poète, ô sombre agonie !
Pleure, ô douce rêverie !
O tendre mélancolie !
— O mort ! tout doit fléchir, courbé sous ton niveau !
— Sans pitié pour le génie !
Et de la poésie
Éteignant soudain le flambeau !
— Sans pitié pour la jeunesse,
La brillante promesse
De ce beau nom, si glorieux !
— Sans pitié pour la grâce élégante,
La verve étincelante,
Mille dons charmants des Cieux !
— Du sépulcre béant... profondeur infinie !
O mort ! ô mort ! je m'incline... et je prie !

* * *

Mais la mort ! c'est le sommeil !
C'est la porte de la vie !
Pour lui, Seigneur ! pour tous, doit sonner le réveil !

*

En attendant le jour d'éternelle lumière,
Jour où on dernier voile, adorable mystère,
Tombera devant lui !... paix au divin rêveur,
Le charme de la terre et son consolateur !

★
* *

Près du jeune héros, dors, aimable poète !
— Un double rayon brille... et sur vous se reflète !
— O speclacle touchant!... à nos yeux attendris,
Deux martyrs de la gloire,
Dans le même tombeau, sous le ciel, endormis !
— Ainsi resplendit dans l'histoire,
Sous le myrte et le laurier,
Près du nom de Marceau, le nom d'André Chénier !

★
* *

O Vigan ! O d'Assas ! — Je visitais naguère
De ce noble manoir le pieux sanctuaire !...
Du héros immortel cherchant partout les traits,
De sa gloire si pure, heureux, je m'enivrais !

★

Sous le saule attristé du morne cimetière,
A l'ombre de ces vieux et si beaux châtaigniers,
O Louis ! je répands et larmes et prière !
— Ces pleurs, hélas !... hélas ! ne sont pas les premiers !

JACQUES FERNAND.

Janvier 1859.

JACQUES FERNAND

BIOGRAPHIE.

Par une belle matinée du mois de mai (1857), au bord d'une petite rivière, qui ondulait en murmurant sous l'ombrage... et l'oreille charmée par les concerts de mille oiseaux, qui saluaient le soleil levant... je m'arrêtai, pour me reposer d'une longue excursion.

Soudain, la voix la plus suave se mêle à toutes ces harmonies de la création qui s'éveille. — Je lève les yeux. — Sur la colline, au milieu des fleurs, je vois l'angélique figure d'un enfant qui chante un pieux cantique d'adoration !

Inspiré par la fraîcheur de ces riants paysages, par ces émotions délicieuses, par l'apparition et la voix de ce bel ange, je chante comme lui toutes ces magnificences, leur charme pénétrant et la gloire du Créateur !

L'ANGE DU PRINTEMPS

Musique de Louis JOREZ, de Bruxelles.

Magnificat anima mea, Domine!

La terre, en souriant, s'éveille !
— Quel spectacle enchanteur ! — Des cieux,
Dieu lui-même se penche. . et veille
Ce tableau frais et gracieux !

L'oiseau chante sous le feuillage,
Moiré d'ombres et de rayons.
— L'onde anime le paysage...
Et murmure dans les gazons.

D'amour, l'herbe et le nid frissonnent !
— Soupirs, élans mystérieux,
Et mille bruits charmants bourdonnent
Dans l'ombre et l'azur lumineux !

Oh ! d'un enfant la tête blonde
Brille... sur la colline en fleurs !

— Une pure clarté l'inonde !
— Sa vue épanouit les cœurs !

Et de bluets une couronne
Autour des cheveux ondoyants !
— Au front une étoile rayonne !
— C'est le bel Ange du Printemps !

Il a, des fleurs fraîches écloses,
L'éclat et si pur et si doux !
— Entre marguerites et roses...
Les mains jointes... à deux genoux...

Il chante... ô Seigneur ! vos louanges...
O Printemps ! ce joyeux retour !
— Et, jusqu'à ses frères, les Anges,
La voix s'élève avec amour !

Et, des cieux ouverts, l'harmonie
Répond à cette voix d'enfant :
« Gloire ! gloire ! — O grâce infinie !
» O bonté ! — Gloire au Tout-Puissant ! »

JACQUES FERNAND.

Rogations. Mai 1857.

* *

Et, dans une nouvelle halte, sous les rayons d'un splendide couchant du mois de juin (1857), du haut d'une montagne qui dominait un panorama immense, et la perspective infinie de la mer azurée... j'écrivais ces quelques lignes, demandées et promises :

* *

« JACQUES FERNAND, né en France, domicilié en
» Belgique, mais toujours en voyage. Il a visité
» presque toute la France, Londres, la Belgique,
» l'Allemagne, la Suisse, l'Italie... et surtout, à pied,
» le Voralberg, l'Oberland et les bords du Rhin, etc.
» — Passionné pour ces excursions à pied, touriste
» infatigable.

» Léger d'argent, mais riche des bénédictions de
» Dieu et de sa mère... content de peu... indépen-
» dant par caractère, et par la simplicité de ses
» goûts...

» Il attend, avec confiance, l'inspiration qui vient
» d'en haut ; — et, quand elle arrive... sur la cime
» de la montagne, au bord du ruisseau verdoyant...
» avec les premiers rayons du jour... ou de l'astre des

» nuits — il crayonne... l'*Ange du Printemps*...
» *Soleil, adieu !* etc.

» Et, lorsque l'inspiration a, pour le moment, tout
» donné, — il reprend le bâton de pèlerin.

» Sous le regard de la Providence qui fleurit le
» sentier, et qu'il aime, qu'il adore du fond du cœur,
» — il marche, en lui rendant grâce, en admirant
» les merveilles de cette création si transparente,
» où l'on entrevoit le Créateur lui-même !

» Il marche toujours droit devant lui, avec la
» ferme espérance de se reposer, plus tard... dans
» le sein de Dieu, avec tous ceux qu'il a aimés ! !
» avec ceux qu'il aime... pendant son pèlerinage. »

JACQUES FERNAND

*
*   *

Mais de sombres nuages vinrent troubler l'azur
de ce beau ciel. — De sinistres pressentiments sus-
pendirent mes excursions lointaines. — Les plus
douloureuses inquiétudes sur la santé si frêle de ma
mère, me rendirent muet et immobile. — Je n'avais
plus qu'une seule pensée, une préoccupation fixe.
— Cependant les apparences devinrent plus rassu-
rantes, et, d'un intervalle prolongé de calme et de
repos, jaillirent ces vers mélancoliques :

1.

⋆ ⋆

MATIN ET SOIR

Musique de Louis Jorez, de Bruxelles.

Le matin : c'est l'alouettte,
Qui s'éveille... et monte... et monte en chantant !
— Le soir... près de la fauvette...
Le rossignol, dans l'ombre, est plus touchant !

Le matin : c'est l'espérance !
Elle se lève... et sourit à nos yeux !
— Et le soir... l'expérience,
En s'affaissant, se tourne vers les cieux !

Le matin : ô jeune vierge !
Pas un nuage en ton azur brillant !
— Et le soir allume un cierge
Sur le cercueil... d'un époux... d'un enfant !

Le matin : jeune, intrépide,
Court à la gloire... et reviendra... vainqueur !
— Et le soir, pauvre, invalide,
Languit, aveugle... et traîne sa douleur !

Le matin : c'est le mirage,
Qui voile, au fou, l'horizon menaçant !
— Le soir... en mourant... le sage
Entrevoit l'aube... et l'aube sans couchant !

JACQUES FERNAND.

Septembre 1857.

*
* *

Le jour même où je signais *Matin et Soir*... je plaçais, sous les yeux de ma mère convalescente, d'autres vers, inspiration nouvelle de ma tendresse et de ma reconnaissance filiale :

« Tu me berçais, aux jours de mon enfance...
» Tu me berçais, m'endormais en chantant !
» — Si, grâce à Dieu ! je berçais ta souffrance...
» Je la berçais, l'endormais par mon chant !
» — Ah ! trop heureux de pouvoir, bonne mère !
» Chanter longtemps, Ange mystérieux !...
» — Et tu croirais... hélas ! loin de la terre...
» M'entendre encor, en t'éveillant aux cieux !
» M'entendre hélas ! loin de moi !... dans les cieux !»

20 septembre 1857.

Le 30 mai 1858, ma pauvre mère quittait cette
vallée de larmes! — Elle n'est plus sur cette terre,
pour me bénir! — mais, du haut des cieux, ô Seigneur! elle doit me voir et m'entendre encore... et
prier pour moi!

Loin d'elle, loin de la patrie céleste, dans ce dé-
sert de l'exil, pèlerin isolé, je reprends mon bâton
de voyage.....

*
* *

— Où vas-tu?

— Où va ma petite voile blanche!... A elle aussi
je disais :

« Où vas-tu? »

« — A mon cœur ému,
» Dans la brume vaporeuse ,
» Une voix mystérieuse
» Répondit tout bas : « A Dieu! »

*
* *

En pèlerin fidèle, avant de m'éloigner de ce foyer

éteint, je monte à la chapelle de ce champ du repos, où dorment mes bien-aimés, en attendant le jour d'éternelle lumière !

Dans le saint lieu
J'entre... et levant les yeux : « O céleste assistance !
» O Seigneur !... Seigneur !
» Des peines, des regrets... et de toute souffrance,
» O seul baume... et seule espérance !
» O suprême consolateur ! »

JACQUES FERNAND.

Mars 1839.

CONSOLATIONS.

I

LA FAMILLE

TRILOGIE.

LE RETOUR DE L'HIRONDELLE. — LA COUVÉE. — PETIT OISEAU !

★

CHANT PREMIER.

LE RETOUR DE L'IHRONDELLE

MÉLODIE.

Musique de Louis Jorez, de Bruxelles,
paroles de Jacques Fernand,
traduites en hollandais par le poète Vanlemsess, d'Amsterdam.

Quel doux et nouveau chant m'éveille !
Et quel frémissement joyeux,
Sous le vieux toit, près de la treille !...
— Salut, ô soleil radieux !

— Quel battement d'ailes frissonne...
Et vibre, au dessus du foyer...
S'agite... soudain tourbillonne...
Tombe... et d'effroi semble crier !

*

A ce foyer si fidèle,
        Chère hirondelle,
    Du printemps, de l'amour,
Oh! chante... oui, chante le retour !

* * *

Hélas ! tu vois couler mes larmes !
En vain je soupire et j'attends !
Tu peux irriter, mais tu charmes
Regrets et désirs, par tes chants !
— Ton départ était le présage
Des douleurs de nos longs adieux !
Ton retour, séduisant mirage,
La précède enfin dans ces lieux !

*

A ce foyer si fidèle,
        Chère hirondelle,

Du printemps, de l'amour,
Oh! chante... oui, chante le retour!

* * *

Oui, ton retour, mon hirondelle,
Est, pour moi, retour de l'espoir!
Et déjà l'étoile étincelle,
Dans mon ciel long-temps sombre et noir!
— D'amour, gentille messagère,
Près de toi, je crois au bonheur!
Déjà plus belle est la lumière!
Déjà plus vite bat mon cœur!

*

A ce foyer si fidèle,
Chère hirondelle,
Du printemps, de l'amour,
Oh! chante... oui, chante le retour!

Mai 185—

CHANT II.

LA COUVÉE

Musique de Louis Jonez, de Bruxelles.

A mon aspect, pourquoi trembler?
Et pourquoi fuir à mon approche?
De tes petits, moi, t'éloigner?
Pour mon cœur, ah! cruel reproche!
— Troubler ainsi le pur bonheur
De la tendresse maternelle!
Glacer ainsi, par la frayeur,
La couvée et la tourterelle!

*

Va, ne crains rien!
Oh! ne crains rien!
Car, je suis mère!
— Le seul vrai bien,
Ce doux lien,
Sur la terre:
Le fuir, pour moi!
— Mais, comme toi,

Je suis mère !...
— Et, comme toi,
Oui, comme toi,
Heureuse mère !

* * *

Le col tendu, chaque petit,
Hors du nid, se dresse et s'allonge !
De cris plaintifs le bois gémit...
Et plus loin l'écho les prolonge !
— En voltigeant au dessus d'eux,
Ah ! vainement tu les appelles !
Ils ouvrent à peine les yeux !
Que font tes cris, tes battements d'ailes ?

*

Va, ne crains rien !
Oh ! ne. . . . .
. . . .

* * *

Vois, mon enfant : il plaint leur sort !
Reviens près d'eux, reviens bien vite !...

3.

L'enfant, le petit, loin du port,
Toujours, hélas! trop tôt nous quitte!!
— Du bonheur les instants si courts,
Passent, vain souvenir, vaine ombre !
Au jour si doux de nos amours,
Succède la nuit, la nuit sombre !

*

Va, ne crains rien !
Oh ! ne crains rien !
Car je suis mère !
— Le seul vrai bien,
Ce doux lien,
   Sur la terre :
Le fuir, pour moi !
— Mais, comme toi,
   Je suis mère !
— Et comme toi,
Oui, comme toi,
Heureuse mère !

JACQUES FERNAND.

Juin 183—

CHANT III.

PETIT OISEAU !

Musique de Louis Jorez, de Bruxelles.

A Lamartine.

Te souviens-tu de ce jour de misère,
Où , sur la neige, encor tout palpitant,
Loin de ton nid, loin de ta pauvre mère,

Je te sauvai des mains de cet enfant ?
— Je t'emportai dans mon humble retraite...
Puis, égrenant ton modeste repas,
De ton salut je célébrai la fête !...
— Mais l'esclavage!!... ah ! mieux vaut le trépas !
Oui, tout esclave aime mieux le trépas!

*

Ouvre tes ailes,
Petit oiseau,
Ouvre tes ailes,
— Tes ailes...
Déjà, déjà si belles !
— Ouvre tes ailes,

Petit oiseau !
— Et vers un ciel nouveau,
Vole, vole !
— Ton départ, hélas ! me désole !
— Mais... par moi racheté,
Vole, enfin, vole !
— Vole, à l'air pur...
à l'air pur... de la liberté !

* * *

Que de dangers !... la mort, la mort peut-être,
T'arrêtera dans ton premier essor !
— Si tu la crains, frappe à cette fenêtre...
Je t'ouvrirai, pour te sauver encor !
— Chaque matin, émiettant la pâture,
Je t'attendrai... Libre, tu reviendras !
— Va ! Dieu toujours veille sur la nature !
Point d'esclavage ! et mieux vaut le trépas !
Oui, tout esclave aime mieux le trépas !

*

Ouvre tes ai'es,
Petit oiseau,
Ouvre tes ailes,

— Tes ailes...
Déjà, déjà si belles!
— Ouvre tes ailes,
Petit oiseau !
— Et vers un. . . . .

. . . .

* * *

Tu te souviens de ma vive tendresse!
— Mais ton silence à mes soins répondait !
— Entre nous deux, arrêtant ma caresse,
De ta prison le barreau s'élevait !
— De liberté toujours un écho vibre !...
— Le prisonnier, hélas ! ne chante pas !
Ah ! pour chanter l'oiseau veut être libre !
Point d'esclavage ! et mieux vaut le trépas !
Oui, tout esclave aime mieux le trépas !

*

Ouvre tes ailes,
Petit oiseau,
Ouvre tes ailes,
— Tes ailes...
Déjà, déjà si belles !

3.

— Ouvre tes ailes,
    Petit oiseau !
— Et, vers un ciel nouveau,
    Vole, vole !
— Ton départ, hélas ! me désole !
— Mais... mais par moi racheté,
    Vole, enfin, vole !
— Vole à l'air pur...
            à l'air pur... de la liberté !

                    JACQUES FERNAND.

Juillet 185—

ÉPILOGUE

A BÉRANGER.

« Le prisonnier, hélas ! ne chante pas !
» . . . . »
Mais Béranger !... Son âme reste libre !...
— Sous les barreaux... dans ses nobles chansons...
De liberté toujours un écho vibre !
— Pour le poète, il n'est point de prisons !

                    JACQUES FERNAND.

II

LA VIE

TRILOGIE.

ILLUSIONS. — DÉSILLUSIONS. — LE CIEL.

---

* *

CHANT PREMIER.

ILLUSIONS.

—

La Bienvenue

Dàns *le Messager des Dames et des Demoiselles*, où devait paraître **Le Retour de l'Hirondelle**, mélodie des mêmes auteurs.

Nota. *Le Messager* a publié sa dernière feuille quelques jours auparavant.

—

Musique de Louis Jorez, de Bruxelles.

La belle voix ! — Vous rougissez !...
La belle voix, Mademoiselle !
— Et vous, Madame ? — Oh ! vous chantez
Le retour de cette hirondelle !

— Quel doux écho de votre cœur !
— Devant nous, épanchez votre âme !...
Comme la Musique, ma sœur,
La Poésie est toujours femme !

* * *

Et, grâce à vous, de nouveaux chants,
Sous vos rayons, pourront éclore !...
De jours peut-être plus brillants,
Ensemble saluons l'aurore !
— Dieu l'a voulu... non le hasard !...
— Oh ! rien n'inspire... oh ! rien n'enflamme
Comme le séduisant regard,
Le doux sourire d'une femme !

* * *

Si vous vouliez toujours chanter
Et nos vers et nos mélodies...
Qui ne se laisserait charmer
Par ces nouvelles harmonies !
— Rien ne saurait... ainsi je crois...
Toucher le cœur, parler à l'âme,
Comme l'accent de votre voix ;
La voix si pure d'une femme !

* * *

Avec vous, nous bravons le sort !...
A votre aspect, s'enfuit l'orage !
Voguons ensemble vers le port !
Dans notre azur, pas un nuage !
— La Renommée a tous vos traits !
Même la Gloire, aux yeux de flammes !
La Renommée, aux doux attraits,
Et la Gloire, sont toujours femmes !

JACQUES FERNAND.

Janvier 185—

CHANT II.

DÉSILLUSIONS

—

Rêves et Chimères !!

—

Musique de LOUIS JOBEZ, de Bruxelles.

J'avais rêvé... l'amour... et tous ses charmes...
Le ciel sur terre... et la fête du cœur !
— O doux transports ! et vous, plus douces larmes !
— A ses enfants, souris du Créateur !

*

Envolez-vous, beaux rêves et chimères !
Envolez-vous !... loin de moi, pour jamais !
   — Oui, loin de moi, vœux téméraires...
   Et vains désirs... et vains regrets !
   — Adieu, beaux rêves et chimères !
Envolez-vous !... envolez-vous !... et pour jamais !

* * *

J'avais rêvé... l'ivresse de la gloire...
Voulant calmer et consoler l'amour !...
Et, dans mes vers, pour tromper ma mémoire,
Je me berçais... m'exaltais... tour à tour !

*

Envolez-vous, beaux rêves et chimères !
Envolez-vous !... loin de. . . . .
. . . .

* * *

J'avais rêvé... — mais, là-haut l'espérance !
— La gloire, au ciel, est le bien qu'on a fait !
Et de l'amour coule la source immense,
Où va puiser... tout cœur... et tout regret !

*

Envolez-vous, beaux rêves et chimères!
Envolez-vous !... loin de moi, pour jamais!
   — Oui, loin de moi, vœux téméraires...
   Et vains désirs... et vains regrets !
   — Adieu, beaux rêves et chimères!
Envolez-vous !... envolez-vous !... et pour jamais !

JACQUES FERNAND.

Avril 185—

CHANT III.

LE CIEL

★

Fête - Dieu.

A Monseigneur Dupanloup, Evêque d'Orléans,
Membre de l'Académie française.

HOMMAGE DE LA RECONNAISSANCE RESPECTUEUSE
de Jacques FERNAND.

Musique de Louis JOREZ, de Bruxelles.

Sous la blanche couronne,
L'innocence rayonne !
La grâce l'embellit !
   — O charmants petits Anges !

Du bon Dieu, qui sourit,
Vous chantez les louanges !
Et tous, il vous bénit !

*

Age heureux de l'enfance,
Radieux d'espérance,
En disant : A demain !
— Aux genoux d'une mère,
Bégayant le matin,
Le nom de notre père,
Qui fleurit le chemin !

* * *

Mais soudain... solitaire...
De ton sanglant mystère,
La croix sombre... ô Seigneur !
— Toute noire... et penchée
Sur le Bois rédempteur...
Une femme voilée !
L'Ange de la douleur !

*

Au souris, une larme !
Aux chants, un cri d'alarme !

A la fête, une mort !
— Déjà, sur notre tête,
Qui se berce... et s'endort,
Éclate la tempête,
En présence du port !

* * *

O solennel silence !
— Le Dieu vivant s'avance
Et suit la Croix de bois !
— Il nous bénit trois fois...
Consolant la souffrance,
Ranimant l'espérance
Des gardiens de ses lois !

*

Au-dessus de l'orage...
Doux espoir du naufrage,
Apparaît le ciel pur !
— Le soleil, dans l'azur
Brille... ouvrant le nuage !
— Et, dans l'abîme obscur,
Rayonne un paysage !

Fête-Dieu. 185—

III

LE TEMPS ET L'ÉTERNITE

TRILOGIE.

LA MESSE DES MORTS. — DISPERSÉS !! — L'ANNONCIATION.
ÉPILOGUE... Où vas-tu? — A Dieu !

CHANT PREMIER.

LA MESSE DES MORTS

Dans le cimetière du Père-Lachaise... à Paris.

Musique de LOUIS JOREZ, de Bruxelles.

La cloche tinte... tinte... tinte,
Mélancolique... et lente ! — ô Morts ! réveillez-vous !
O bien-aimés ! — La cloche, à la chapelle sainte,
Nous appelle... et dit : A genoux !
— Dans la tombe entr'ouverte, ô Morts ! réveillez-vous !
— Tous, réveillez-vous !

* *,*

O Morts ! la cloche vous appelle !
— A ce doux tintement, tous réjouissez-vous !

— Oui, pour vous, elle sonne... et la bonne nouvelle !
    — Vous tressaillez ! — Ah ! comme nous,
Regardez tous au ciel ! et priez, à genoux !
    Tous, à deux genoux !

* * *

Soudain, quel solennel silence !
—Monte et brille l'hostie... et Dieu descend pour vous !
— O morts ! vous palpitez, émus de sa présence !
    — Sur vos tombeaux, prosternez-vous !
Devant le Rédempteur, adorez, comme nous !
    — Tous, prosternez-vous !

* * *

Mais que vois-je ! — âmes bien-aimées !
Vous, près du Dieu vivant !... toutes, tranfigurées !
—De pleurs, à votre aspect, se remplissent mes yeux !
    — O Jésus !... ô mes bien-aimées !
—Avec vous, il remonte!... Avec vous, dans les cieux !
    Au plus haut des cieux !

JACQUES FERNAND.

Trépassés. — 2 novembre 1858.

★

CHANT II.

DISPERSÉS!!

Souffrir, mourir... et vivre !
(Tombeau d'une exilée... à Marseille.)

Dispersés ! dispersés ! dispersés !

Et soudain, par toute la terre !
—Comme les flots, sans frein !—ils courent, hérissés,
Bondissants... hors de leur lit de pierre,
Dispersés !

*

Dispersés !
— Comme les pailles de la gerbe...
Quand le lien se rompt ! — Par le vent expulsés,
Les épis volent au loin !... sur l'herbe,
Dispersés !

* * *

Elle était ce lien... de toute la famille !
Lien toujours si doux et si ferme à la fois !

— Étincelle, âme et cœur, du foyer qui pétille,
Elle en était la grâce... et l'esprit, et la voix !
— Elle était le conseil, le guide et la lumière !
Le bon sens, qui sourit... aimable et tolérant !
— Elle était le soutien, le charme consolant...
L'espoir qui fortifie et sèche la paupière !

* * *

Dispersés !
— Comme les flots pressés !
Les épis par le vent chassés !
— Dispersés ! dispersés !

* * *

Elle était ce lien... et pour tous indulgente !
Inquiète pour tous... et toujours s'oubliant !
— A ses profonds pensers, quelle forme piquante ! *
Des livres et des faits le souvenir vivant !
Spirituel regard... et parole attachante !
Bonté dans le souris, finesse dans les traits !
Nouvelle Sévigné !... près d'elle, que d'attraits !
—Même, pour les grands cœurs, l'attrait de la souffrance !

---

* Ainsi elle disait... « Ce pauvre X. a laissé plus de vide qu'il
» ne tenait de place. »

* * *

Ah! souffrir fut sa vie. — Envers tant de douleurs,
Qu'elle était douce et forte ! — Hélas! la délivrance,
En terminant ses maux, faisait couler nos pleurs!

* * *

Elle était ce lien... de toute la famille!
—Ange gardien, veillant sur l'enfant qui s'endort !
— Sous les nuages noirs, belle étoile, qui brille !
— Pour tous les naufragés, le refuge et le port !
— De tous les affligés, seconde Providence...
Et nous embrassant tous dans un cercle de fleurs!

* * *

Mais ce doux nœud brisé... se déliaient les cœurs !
—Le charme était rompu!! — Pour nous, plus d'espérance !

*

Dispersés !
— Comme les flots pressés !
Les épis, par le vent chassés !
— Dispersés ! dispersés !

* * *

Plus d'espérance !
O regrets ! de la tombe ô lugubre silence !
O mort ! ô sombre deuil ! ô douloureuse absence !

*

Qui pourrait rallier ces membres dispersés...
Pauvres esquifs errants, battus par les orages?
— Qui pourrait relier ces faisceaux renversés...
Du livre déchiré ces lamentables pages ?

* * *

Dispersés ! dispersés ! dispersés !
O vide affreux ! du cœur ô défaillance !
Pour nous, hélas ! hélas ! nulle espérance !

* * *

Il en reste une encor !!...
— A vous seul confiance !
Vous seul ! vous le lien que la mort ne rompt pas !
Vous, mon Dieu ! l'Ancre fixe, immuable... et la Vie !

✳ ✳ ✳

Oh ! près de vous, ma mère !! — aux absents réunie !
— Et priant pour les siens... orphelins ici-bas !

✳

Vous m'avez privé d'elle !
— Prenez-moi sous votre aile,
O Seigneur ! ô Seigneur !
— Elle m'était si chère !
Pitié pour ma douleur !
—Soyez, soyez ma mère !

SAINTE ADÉLAÏDE.   JACQUES FERNAND.
16 décembre 1858.

★

CHANT III.

L'ANNONCIATION

Musique de LOUIS JOREZ, de Bruxelles.

« Je vous salue, ô Marie,
» Pleine de grâce ! — Avec vous
» Est le Seigneur, — et vous êtes bénie,
» Entre les femmes, ô Marie !

» Et Jésus, entre tous,
» Est béni, béni tout comme vous,
» Sa mère bien-aimée. »

* * *

Loin de l'Ange, humblement inclinée,
A deux genoux,
Et les yeux baissés, Marie
En silence adorait,
— Et, sur sa tête recueillie,
De l'Esprit-Saint l'ombre alors reposait !
— Et l'Ange, ému, contemplait
De la terre et du ciel la féconde harmonie !
Et, comme Vierge Marie,
Humblement il adorait !

* * *

A l'heure même, et sainte et solennelle,
Où palpitait le monde, à la bonne nouvelle...
— Le jour naissait...
— Et de Marie,
Par le trouble embellie,
S'illuminait le front, si pur, si gracieux !...
Sous tes premiers rayons, ô soleil radieux !

★

A cette heure, pour nous si chère !
— L'heure où du ciel le Verbe descendait...
Renouvelant nos cœurs ! — heureuse aussi, la terre !
Rajeunissait plus belle, et se renouvelait !

★

Et de ta vie ,
Par nous bénie ,
La première heure, ô Jésus !
Du printemps fut la première !

★ ★ ★

Ah ! lorsqu'enfin tu vins à la lumière...
Tes premiers cris, par ta mère entendus ,
Marquaient encor pour nous l'heure première...
De l'hiver sombre, — effroi de la misère !
— Saison lugubre... et deuil de notre Terre !
— Saison des pleurs, que tu vins essuyer !
De nos douleurs, que tu vins partager !

★

Cris plaintifs ! précurseurs d'une longue agonie !
Vous présagiez la mort, en révélant la vie !

— Et, quand au nouveau-né sa mère souriait...
Sur le Crucifié l'Ange attendri pleurait!!

★ ★ ★

O Vierge adorée!
De la terre et des cieux,
Lien pur et charmant! lien mystérieux!
— O vague azurée!
Murmure avec amour!...
Ce jour, si belle aurore, annonce un plus beau jour!
— Terre parfumée!
Tressaille avec bonheur!...
Dieu sème dans ton sein!... germe le Rédempteur!!

★ ★ ★

Du beau lis, le pur et blanc calice!
Brille entr'ouvert!
L'abeille y boit avec délice
— Près de l'Agneau sans tache... et sous le rameau vert
La colombe douce et blanche
Roucoule et se penche
Dans le cristal
De la rosée!

*

Grâce et charme matinal
D'une belle journée !
— Tout refleurit,
Tout reverdit,
S'épanouit,
Se réjouit !
— Comme les âmes !
Comme les cœurs !
— O célestes flammes !
O douces, ô chastes ardeurs !

⋆ ⋆ ⋆

Et le soir, déjà lumineuse,
Étincelle à tes yeux,
Dans le riant azur des cieux,
L'étoile radieuse
— Qui doit, ô fidèle berger !
A la crèche mystérieuse,
Comme les Mages, te guider !

⋆ ⋆ ⋆

Et, quand la nuit fut venue,
Le berger vit, sur la nue,
— De blanc toute vêtue,
Et debout, les pieds sur le croissant,

Notre bonne Mère,
Qui montrait à la Terre
Le divin Enfant,
Tout souriant,
Et de ses doigts bénissant...
— Et des Anges soutenant,
Avec tendresse
Regardant
La mère et l'enfant...
— Et d'autres, chantant...
Avec ivresse
Tout autour voltigeant...
— Puis un profond silence !
Et, dans l'abîme immense,
Les Anges se prosternaient...
Et recueillis, tous écoutaient...
— De la voûte étoilée,
Une voix douce et voilée,
Dit ces mots mystérieux :
« Gloire ! Gloire au Seigneur ! Gloire, au plus haut des cieux ! »

JACQUES FERNAND.

ANNONCIATION.
25 mars 1859.

ÉPILOGUE

★

Où vas-tu?... à Dieu!

Musique de LOUIS JOREZ, de Bruxelles,

A Monsieur le Baron de Barante,

Membre de l'Académie française.

Où vas-tu, petite voile blanche?
— De ci, de là, Zéphyr te penche...
Te penche et te balance. — Où vas-tu?
— Mon cœur palpite... et tout ému!
— Petite voile, où vas-tu?
Dis, où vas-tu?

★ ★ ★

Si frêle et si légère!
Et si grand le danger!
— Là-bas, ô téméraire!
Rien pour te protéger!
— Sur cette mer immense,
Vienne un vent furieux!
Pour toi, nulle espérance!
Et tu n'as que mes vœux!

*

Où vas-tu, petite voile blanche ?
— De ci, de là. . . . .

. . . .

* * *

Le soleil te colore,
T'illumine... et souiit !
— Tout rit, chante et se dore
Sous l'azur qui bleuit !
— Mais, de l'orage sombre,
Déjà ce gros point noir !
— Et déjà s'étend l'ombre...
Et l'embûche du soir !

*

Où vas-tu, petite voile blanche?
— De ci, de là. . . . . . .

. . . .

* * *

La brume nous sépare,
Et je suis là, tremblant !
— Ainsi, quand il s'égare,
La mère, pour l'enfant !

— Mais tu sors du nuage !
D'un tendre souvenir,
D'un ami douce image,
Tu me fais tressaillir!

★

Où vas-tu, petite voile blanche ?
— De ci, de là. . . . .

. . . .

★ ★ ★

Dans les plis de sa robe,
Sur toi déjà fermés,
L'horizon te dérobe
A mes yeux attristés !
— Ah! vogue avec prudence !
— Petite voile, adieu !
— Et surtout confiance
En la grâce de Dieu !

Où vas-tu, petite voile blanche ?
— De ci, de là, Zéphyr te penche...
Te penche et te balance. — Où vas-tu?

— Mon cœur palpite... et tout ému !
— Petite voile, où vas-tu ?
Dis, où vas-tu ?

Où vas-tu ?
— A mon cœur ému,
Dans la brume vaporeuse,
Une voix mystérieuse
Répond tout bas... « A Dieu ! »

*

A Dieu !
A Dieu !!
— Dans le saint lieu
J'entre... et levant les yeux... « O céleste assistance !
» O Seigneur !... Seigneur !
» Des peines, des regrets... et de toute souffrance,
» O seul baume et seule espérance !
» O suprême consolateur ! »

JACQUES FERNAND.

Mars 1859.

TABLE.

CONSOLATIONS.

I. — LA FAMILLE. — TRILOGIE.

II. — LA VIE. — TRILOGIE.

III. — LE TEMPS ET L'ÉTERNITÉ. — TRILOGIE.

Paris.—Typ. d'Em Allard, 14, rue d'Enghien.

www.ingramcontent.com/pod-product-compliance
Lightning Source LLC
Chambersburg PA
CBHW061655180626
46818CB00003B/1103